Lobisomem:
A história Secreta do Senhor Howard

"Saber que vamos morrer muda tudo. Sentimos as coisas de forma diferente e sentimos os cheiros de forma muito diferente. No entanto, as pessoas não apreciam o valor das suas vidas. Continuam a beber um copo de água, mas não lhe sentem o sabor". *Serra II.*

Por favor, deixe-me um comentário e diga-me qual foi a sua experiência ao lê-lo. Muito obrigado.

Índice

Prefácio

Gosta de histórias épicas cheias de mistério, aventura e intriga? Se sim, então convido-o a ler este impressionante romance histórico sobre lobisomens, passado em 1700 em Inglaterra-Paris, no qual Howard, a personagem principal desta história, se envolverá numa série de mistérios e intrigas que terá de resolver. Uma história emocionante que o manterá no limite da sua imaginação até ao final surpreendente.

A minha mente não entendia, embora o meu bom senso me dissesse: "não te vai acontecer nada", eu queria fugir, - que raio me queriam mostrar nas profundezas daquele castelo? quando digo profundo, quero dizer profundo. Desci degrau após degrau, talvez tenha contado quinhentos enormes degraus de pedra, até que me encontrei numa câmara gigantesca, iluminada por enormes candelabros nas laterais. Quando olhei mais de perto, o meu espanto foi minúsculo, havia todo o tipo de coisas que eu desconhecia na altura, como tubos de ensaio e milhares de objectos para experiências. Inacreditável para a época. Por momentos, pensei que esta parte seria o meu local de trabalho, mas não era. Atravessámos aquela espécie de laboratório medieval para descer novamente a uma nova sala; aí fiquei com os cabelos em pé. Ouviam-se gritos aterradores, cada vez mais baixos, vindos de uma porta ao fundo. Brayton pegou num objecto pendurado na parede e abriu a abertura que eu não queria que abrisse. Quando ele a abriu, uma cena aterradora apareceu diante dos meus olhos, era algo....

1

Já passaram muitos anos desde que a peste assolou Londres, em 1760, quando eu era apenas um rapazinho, sim, um rapazinho que não tinha mais de 11 anos. Em vez de brincar, costumava trabalhar em qualquer coisa, fazendo recados ou recolhendo lenha para alguma pessoa abastada dos subúrbios, fosse em algumas pequenas aldeias ou até mesmo em Canterbury, a 90 minutos de Londres. Só que a vida era muito difícil. Eu tinha mais de 5 irmãos mais novos e o meu pai tinha-nos abandonado à nossa sorte. A minha mãe mal conseguia lavar alguma roupa para alguns clérigos ou nobres, pois estava doente dos pulmões e não havia forma de nos alimentar se eu não trabalhasse. O futuro não se afigurava prometedor para a classe baixa, o campesinato. Não havia mais nada a fazer senão trabalhar arduamente nas terras da nobreza, os donos dos campos e das plantações, e depois casar, e talvez morrer aos 35 anos de alguma doença infecciosa. Não havia mais nada! Na melhor das hipóteses, podia-se aspirar a ser capataz numa quinta ou numa plantação, se se fosse bem sucedido.

O destino sempre nos surpreende, sim, ele sempre traz coisas novas que jamais imaginaríamos. A minha vida mudou drasticamente em 1762, francamente, não me lembro do mês, pois mal sabia escrever para os diferenciar, mas o facto é que esse ano maldito: a peste, um surto de peste bubónica atingiu algumas aldeias em Inglaterra e matou alguns milhares, entre os quais os meus: a minha mãe e os meus 7 irmãos, na sua maioria com menos de 8 anos. Tive sorte, é por isso que menciono o destino, embora, na verdade, tivesse desejado a minha morte em vez da deles.

O Inverno desse ano foi duro, muito duro. Mal conseguia comer uma refeição de dois em dois dias. Se não fosse o bom coração de um velho frade de uma pequena igreja anglicana da aldeia onde eu vivia (Ambury, a cerca de 30 minutos de Londres), não teria sobrevivido a esse Inverno rigoroso. Tinha ficado sem família, sem ninguém para me ajudar. Pelo menos tinha memórias e o que a minha mãe me tinha ensinado: o carácter para ganhar a vida. Pelo menos tinha uma cabana onde passar as noites e não me tornar apenas mais um vagabundo nas ruas escuras de Londres. As semanas passavam como o vento e, numa certa Primavera, estava a caminho da floresta que rodeava toda a cidade de Londres em busca do meu pão de cada dia. Neste caso, ia cortar alguma fruta para alguns cozinheiros da cidade. Não tinham passado mais de duas horas quando, de repente, algo me chamou a atenção nas profundezas da floresta. Debaixo de algumas árvores frondosas, estava um velho a apanhar alguns tipos de raízes e plantas. A princípio não me assustei, pois a maioria dos meus contemporâneos usava o capuz do xaile medieval para se proteger do frio, mas em plena Primavera isso era invulgar, a não ser que se quisesse esconder de algo ou alguém e se fosse um fora-da-lei. E ainda mais num ambiente como aquela floresta, era um pouco assustador. Não demorou muito para que a minha presença fosse notada, devido a alguns movimentos desajeitados que fiz entre alguns arbustos onde estava a espiar. O sangue subiu-me ao estômago devido ao medo quando o velho me olhou nos olhos, mas fui imediatamente "acalmado" pela sua voz de qualidade:

- O que é que uma criança está a fazer no meio da floresta? Não sabes que é muito perigoso andar sozinho neste sítio? - disse-me o velho, enquanto segurava um saco de cabedal no qual atirava todo o tipo de pequenas plantas. O facto é que, naquele tempo, era mal visto andar por aí a cortar plantas estranhas, porque se podia ser acusado de feitiçaria.

-Não, eu só... eu só vim cortar umas frutas para as vender... aos cozinheiros do centro, senhor", disse eu com a voz vacilante, mal conseguindo articular as palavras. O meu coração batia forte, não sabia se devia correr ou ficar ali a fingir que não tinha medo, a minha mãe sempre me disse: "nunca confies numa cara doce, normalmente são as mais más". O facto é que eu estava prestes a fugir quando aquele homem me disse: "Nunca confies numa cara doce, normalmente são os mais perversos":

- E os teus pais - um rapazinho como tu não devia andar por aqui? - voltou a apontar, após o que o velho sacou de um florim de ouro, uma moeda medieval que era aceite em toda a Europa. Os meus olhos brilharam, mas eu sabia que podia ser uma armadilha para me atrair para mais perto, e talvez prender-me e cozinhar-me. Aquele velho era certamente um feiticeiro, pensei.

- Apanha-o, rapaz! Com isto podes viver um mês. Limpa-te e come, e quando o gastares, quero voltar a ver-te neste lugar, faço-te uma proposta, e talvez, se aceitares, nunca mais tenhas de trabalhar como escravo", gritou enquanto pegava num segundo saco que estava numa árvore, e depois perdeu-se nas profundezas da floresta. Fiquei impressionado, tinha nas minhas mãos um florim de ouro, uma moeda que equivalia a 30 salários do nascer ao pôr-do-sol, um mês inteiro de trabalho, sem mais nem menos. Por um momento, perguntei-me quem seria aquele velho e

4

porque me teria dado aquela moeda. Talvez tivesse pena de ver um pobre jovem abandonado, sujo e em farrapos, a tentar ganhar um prato de comida. Não era altura para sentimentalismos, por isso dirigi-me rapidamente à cidade para comprar comida. Sim, a comida que sempre quis provar nas ruas das padarias ou das pastelarias.

Um novo começo

A minha alegria durou pouco tempo. Como era de esperar, gastei tudo e voltei aos meus velhos hábitos. Por vezes, não recebia nada durante o dia e não tinha outra alternativa senão pedir esmola para, pelo menos, comprar um pouco daquele pão duro que vendiam para os mais pobres. Durante vários dias, a fome foi a minha melhor amiga, até que me lembrei do que me tinha dito aquele velho, cujo nome eu não sabia na altura. Pensei muito antes de me decidir a voltar àquela floresta, onde já não entrava há um mês e meio. Talvez o meu inconsciente me dissesse que era perigoso, mas havia algo no meu coração que me dizia "vai, vai". O que é que ele me queria propor, que, segundo as suas palavras, eu nunca teria de trabalhar? Iria descobrir em breve.

A escassez dessa Primavera fez-me aceitar, apesar do meu medo. Nessa altura, tinha doze anos. Uma manhã, preparei tudo e fui para as profundezas da floresta. Estava preparado, segundo eu, com um pequeno pau de madeira para que, se alguém tentasse fazer-me mal, eu me defendesse. Não sabia mesmo se o voltaria a encontrar, porque como é que aquele velho saberia que eu andava à procura dele? De qualquer modo, não perdi tempo e, duas horas depois, estava de volta ao sítio onde o tinha visto dois meses antes. Era meio-dia, o que eu sabia pela posição do sol no céu. Por isso, decidi descansar mesmo na árvore onde encontrei o homem agachado.

O tempo passava e, obviamente, eu não queria que a noite me apanhasse ali, pois eram duas horas para ir daquele sítio até à aldeia onde eu vivia. Por isso, decidi ir-me embora, com medo do que as pessoas diziam, que as pessoas desapareciam naqueles sítios ao fim da tarde. Atribuíam-no a coisas sobrenaturais. E embora eu não acreditasse em tais coisas, a paisagem daquele lugar cheio de árvores que se escondiam do sol e faziam sombras escuras por todo o lado começou a assustar-me e começaram a surgir pensamentos intrusivos sobre algo que me perseguia de todos os ângulos. Acelerei o passo e não tinham passado mais de cem metros quando se ouviu uma voz atrás de mim:

- Ainda bem que ele veio. Sabia que viria de alguma forma, por isso tenho estado à sua espera. -disse o mesmo homem num tom alto.

Naquele momento fiquei paralisado, sabia para onde ele tinha ido, mas mesmo àquela hora teria preferido que ele nunca tivesse aparecido. Durante alguns segundos senti-me como se estivesse paralisado, mas à medida que os seus passos se aproximavam, a adrenalina levou-me e virei-me, encontrando o seu rosto a um metro de mim.

- Como estás, meu jovem? Não tenhas medo, não te vou fazer mal", sussurrou enquanto tocava na minha cabeça, e depois voltou para a árvore. Se ele quisesse fazer-me mal, aquele teria sido o momento certo. Mas ele não queria, por isso, em vez de pensar em fugir, aquela acção deu-me alguma confiança.

- Vamos, despacha-te, rapaz! exclamou, olhando para o céu, que começava a encher-se de nuvens negras. Não hesitei mais e dirigi-me para onde ele estava sentado num pequeno rochedo.

- Como é que te chamas? perguntou-me de forma bastante afável.

-O meu nome é Brighman, senhor.

- Brighman! Tal como o duque do Condado, só que é um maldito bastardo. - disse ele, hesitante, e eu engoli o comentário ao homem que eu tinha amaldiçoado. Queria ir-me embora, por isso apressei-me a perguntar-lhe qual era a sua proposta.

- Posso saber o seu nome e qual seria a sua oferta de trabalho para mim? - perguntei, e depois acrescentei: "Como há quatro dias que não consigo arranjar nada, nem como carregador no porto nem nos mercados, porque preferem dá-los a homens fortes do que a alguém como eu.

- O meu nome é Allard Braihentein. E como lamento ouvir essas palavras. - Ele disse, - de facto, esta maldita monarquia de Carlos II só trouxe ruína ao nosso povo. Mas isso irá mudar em breve quando...

- Não estou a perceber, Sr. Allard...

- Quero que venhas comigo ao mosteiro... De certeza que conheces a aldeia dos Anters. A uma hora de Londres e a três horas daqui.

- Para ser sincero, Sr. Allard, nunca me aventurei a ir a esses sítios, talvez porque os meus trabalhos são ocasionais, sabe, carregar lenha e coisas do género.

- O céu está a escurecer com nuvens e isso não é bom, e se fores pelo caminho por onde vieste não é seguro.

- Porquê? - respondi, pensativo.

-Não importa agora, vem comigo. Já te disse que não te vou comer, se fosse mau já estarias algemado, anda! Vem comigo, tenho um cavalo a uns metros daqui e assim saímos mais depressa.

Apesar de um pouco de desconfiança dentro de mim, não tive escolha, era tarde e, quando saísse da floresta, provavelmente já seria noite, por isso aceitei. Segui-o e não passaram mais de dois minutos quando um enorme cavalo preto apareceu diante dos meus olhos e pertencia àquele homem. Sem perder tempo, o velho montou-o e rapidamente partimos os dois a toda a velocidade em direcção incerta. Toda a paisagem para onde íamos parecia-me totalmente estranha, até as árvores se tornavam mais grossas e mais altas. Por vezes, parecia que perdia a noção do tempo, pois agarrava-me com força ao homem para não escorregar. Não sabia se tinha sido um erro e se me estava a encaminhar para a minha própria morte, mas não havia nada a fazer senão esperar pelo que o destino me reservava. De repente, chegámos a um sítio onde as árvores estavam amontoadas e o cavalo mal conseguia acompanhar-nos sem nos atirar com alguns ramos à cara. Alguns minutos depois, perdemo-nos no meio da folhagem e entrámos na escuridão total. Nessa altura, assustei-me e tentei descer do cavalo:

- Esperem", gritou o velho, enquanto acendia uma tocha que se encontrava ao lado da entrada na base do túnel de terra, com cerca de dois metros de altura e largura suficiente para um cavalo correr a toda a velocidade. - Esta é uma passagem com vários quilómetros de comprimento que ninguém conhece, esta é a maneira mais rápida de lá chegar sem que ninguém nos veja. - Allard confessou.

- Mas de quem é que ele se está a esconder?

- Vais descobrir em breve, mas não te preocupes, este lugar é seguro. - Ele tinha dito.

Era inacreditável, havia qualquer coisa que não batia certo, de quem se escondia este velho e porquê tanto mistério? Não parecia um fora-da-lei ou um criminoso, a sua idade era improvável. O mais estranho era saber quem tinha construído aquele túnel de vários quilómetros de comprimento, e com que finalidade, profundo e inexplorado na floresta. Isso era algo que ele iria descobrir em breve.

O que é que são estas coisas?

Não sei quanto tempo demorou até o cavalo parar, mas foi realmente muito incómodo. Quando avistei um rasto de luz, soube que era a saída daquele lugar fúnebre e fiquei contente por isso. Quando finalmente saímos do outro lado, que era semelhante ao da entrada, o sol já se tinha posto e a noite estava a chegar. Não demorou muito para que um estranho tipo de castelo fosse visível no topo de uma colina, e era para lá que nos dirigíamos.

-Este lugar é gigantesco, nunca imaginei vir a um", pensei enquanto olhava para a enorme floresta de coníferas e arbustos que rodeava todo o lugar, longe do sítio onde o tinha conhecido. Depois de entrar no estranho castelo de pedra negra, fiquei impressionado com todos os objectos estranhos que estavam espalhados só à volta da entrada. Nunca tinha visto nada assim na minha vida. Pinturas do tempo dos faraós e todo o tipo de objectos que davam ao local uma decoração realmente impressionante e misteriosa. Não quis fazer perguntas e fiquei calado. O cavalheiro perdeu-se imediatamente em direcção ao fundo de uma porta e eu fiquei ali, no meio de uma câmara de acolhimento. Havia algo muito invulgar para aquela época: uma biblioteca pessoal, provavelmente propriedade do Sr. Allard Braihentein.

Cheio de curiosidade, percorri o local cheio de coisas maravilhosas, quando, de repente, da enorme escadaria no cimo do local, desceu o Sr. Allard com um homem de meia-idade. Fiquei imediatamente sério e esperei que se aproximassem de mim. Tinha um pouco de medo, não tanto pela minha segurança como pelo trabalho que ia fazer.

- Jovem, quero apresentar-te a pessoa com quem vais ficar, quando eu me for embora. - disse ele, sorrindo. Enquanto eu fazia o resto, o cumprimento típico daqueles tempos; um aperto de mão e algumas palavras educadas. O homem à minha frente era o oposto do Sr. Allard, que era um homem de idade avançada, talvez com 70 anos ou mais. Este homem tinha cerca de 45 anos e parecia atarracado e um pouco imprudente.

- Pode chamar-me Brayton. - disse ele secamente, - evidentemente que era um homem de poucas palavras. Depois desta cena um pouco embaraçosa, Allard proferiu estas palavras que, na altura, me deixaram gelado.

- Está na altura de descobrir porque estão aqui. Não há maneira de sair... mas espera, não te assustes com o que vais ver hoje. Nenhum ser humano comum o viu e viveu. Por isso, sigam-nos. A minha mente não entendia, embora o meu bom senso me dissesse "nada te acontecerá", eu queria fugir, que raio queriam mostrar-me nas profundezas daquele castelo? quando digo profundo, quero dizer profundo. Desci degrau após degrau, talvez tenha contado quinhentos enormes degraus de pedra, até chegar a uma câmara gigante iluminada por enormes candelabros nas laterais. Quando olhei mais de perto, o meu espanto foi minúsculo, havia todo o tipo de coisas que eu desconhecia na altura, como tubos de ensaio e milhares de objectos para experiências. Inacreditável para a época. Por momentos, pensei que aquela parte seria o meu local de trabalho, mas não, passámos por aquela espécie de laboratório medieval para continuarmos até uma nova sala, onde os cabelos ficaram em pé. Ouviam-se gritos aterradores cada vez mais baixos e vinham de uma porta ao fundo. Brayton agarrou num objecto que estava pendurado na parede e depois abriu a abertura que eu nunca gostaria que fosse aberta. Quando a abriu, apareceu-me diante dos olhos uma cena medonha, algo saído dos meus piores pesadelos, uma criatura horripilante acorrentada e iluminada apenas por uma pequena tocha tilintante segurada pelo Sr. Brayton. Por um instante hesitei em perguntar, mas não me contive:

- Que coisa é essa? - Perguntei: "É horrível, não quero....

-Essa criatura é uma espécie de demónio, a que todos chamam vampiros, mas, como vêem, estão longe da realidade do que os pintores retratam nas suas obras. Estas coisas são responsáveis pelo desaparecimento de milhares de pessoas, e são cúmplices dos malditos dirigentes da monarquia. Estes seres são ardilosos, descendentes de demónios e precisam de sangue, muito sangue, para serem apaziguados. Costumam caçar as suas vítimas nos bosques, em lugares solitários quando o sol se põe, por isso saímos do bosque por aquele túnel, um lugar onde há cruzes espalhadas e eles não se atreveriam a entrar e a perseguir-nos. - Depois desta misteriosa explicação, passámos a presenciar outro tipo de criatura que me deixou ainda mais chocada. Junto à porta que continha a criatura a que chamavam vampiro, estava uma fera totalmente indomável, presa por várias grilhetas nos membros e no pescoço. Antes que eu pudesse fazer perguntas, o Sr. Allard Braihentein pôs-me novamente fora das minhas dúvidas.

- Um lobisomem, meu caro amigo, tão animalesco e imponente ao mesmo tempo! - E exclamou: "Estas coisas assolam todos os Invernos algumas zonas afastadas da civilização. São extremamente perigosos e são inimigos naturais da primeira criatura que viste. Ambas são incrivelmente ferozes e devem ser aniquiladas. Estes são apenas espécimes que esperamos para experiências. -concluiu, deixando-me sem palavras. Depois disso, subimos imediatamente as escadas, mas não sem antes fechar aquela secção sob a forma de uma passagem onde havia mais algumas celas que eu não conseguia saber o que continham, se mais daquelas coisas ou criaturas diferentes. No final não importava, só sei que tinha mudado a percepção da minha realidade para sempre.

Depois disso, o Sr. Allard Braihentein fechou-se durante um par de horas, deixando-me sozinho na mesma câmara à entrada daquele lugar, mas não sem antes me dar algo para comer. Comida que sabia a glória depois daquelas cenas perturbadoras. Quando ambos desceram, a primeira coisa que Allard me disse foi: "De agora em diante, o teu nome não será mais Brighman, mas sim Howard: Howard, que na irmandade significa "o último caçador". Isso deixou-me cheio de intrigas. Mas, com o passar do tempo, as minhas dúvidas tornavam-se mais claras. O pouco que consegui saber sobre o Sr. Allard, momentos antes de partir para um destino desconhecido, foi que ele era o líder da irmandade. Uma irmandade secreta no mundo.

O Último Caçador

Passaram-se dezoito longos anos, dos quais dezoito fui treinado em todo o tipo de coisas que se possa imaginar. Não restava nada daquele quase rapaz de 1673. E ele não era um homem perigoso qualquer, era o caçador supremo, um título da irmandade normalmente dado àquele que superava todos os escolhidos em todas as habilidades. Este título tinha nascido há milhares de anos, desde o início das civilizações, para fazer guerra aos demónios e às bestas que, de alguma forma, queriam espalhar o terror no mundo. O facto é que, em algumas partes da Europa, estas criaturas estavam a ganhar terreno e a aterrorizar aldeias e, em algumas cidades, já se sabia que aterrorizavam à noite. Em Londres, a Inglaterra estava apenas a começar a acreditar em tais coisas. Mas, obviamente, a monarquia já sabia disso há centenas de anos, especialmente porque tinha sido aliada dos vampiros (demónios físicos).

O Sr. Allard morreu em 1677 de uma forma estranha, um assunto que eu iria investigar mais tarde. Brayton encarregou-se de me treinar em tudo e foi a ordem que me aprovou, aos 30 anos de idade, para iniciar a minha missão; caçar estas coisas a qualquer custo. Em todo o mundo havia cerca de 77 caçadores, mas especificamente na Europa é onde essas coisas estavam mais enraizadas de certa forma. O papado enviou alguns exterminadores para partes de Espanha e Itália, porque estas coisas, como eles chamavam aos vampiros filhos de Lúcifer, estavam tão desenfreadas que nem ao pôr-do-sol toda a Europa estava nas ruas.

- Estavas pronto há anos. A ordem demorou muito tempo a dar-te luz verde, és o melhor que já treinei. Nunca imaginei Howard quando te vi, um pirralho, que te tornarias o último caçador da ordem, um título que apenas um em 100 anos carrega. E espero que faças um bom trabalho ou a minha cabeça vai voar. - disse Brayton em tom de brincadeira, que nessa altura já estava a ficar velho, mas estava feliz por o seu discípulo ter ultrapassado de longe o seu mestre, sim, ele que há 28 anos tinha deixado de ser o último caçador. Não foi da boca dele que recebi essa informação, mas de terceiros, uma década depois.

- Estava ansioso, meu amigo, por poder finalmente ir para a batalha, não sabes a alegria que me corre nas veias para tentar fazer justiça", disse eu. -Disse eu. Ainda me lembro dessas palavras como se tivessem sido ontem. E ainda sinto a adrenalina a subir.

Um mês depois, recebi a primeira missão da ordem vinda de Itália, Roma, e estas palavras foram citadas da mesma forma que são lidas:

"A sua missão, Sr. Howard, começa em Paris. A família Martel, uma das mais importantes de França, está em perigo. E não é uma ameaça qualquer, eles estão em perigo por causa de WOLFGANG; líder dos licantropos. Homens bestiais, semelhantes a lobos, com um poder bestial. A razão para esta vingança é que os antepassados dos MARTELS foram responsáveis pela quase exterminação dos licantropos em França. Eles querem vingar-se e não vão parar por nada, agora que o sabem. Serão acompanhados pelo jovem Conrad, por favor tenham paciência com ele".

- Isso é tudo? - perguntei ao Brayton.

-Sim, infelizmente a irmandade é muito reservada quanto a dar todos os pormenores, mas não se preocupe, é por isso que enviam o jovem Conrad, que não conheço pessoalmente, mas que será uma grande ajuda, garanto-lhe.

- Quem é esta poderosa família em perigo?

- Não a conheço, mas devem ser pessoas próximas de Luís XIV. -Tenham muito cuidado com Wolfgang, ele é o rei dos licantropos; uma fera quando se transforma, nunca ninguém conseguiu saber qual é a sua cara quando não está transformado. Muitos pensam que ele é alguém importante no governo de França ou de Inglaterra, mas isso são apenas suposições. Ele é tão poderoso que quase exterminou os vampiros, ou melhor, os filhos de Lúcifer. Lembrem-se, não se esqueçam das vossas flechas de prata e outras coisas. Nunca se sabe o que se pode encontrar na escuridão.

- Agora que me lembro, disseste-me algo sobre o líder dos licantropos, que na altura me recusei a acreditar. Não te preocupes, vou ter cuidado... Se bem que, para ser sincero, com todas as feras que treinei durante todos estes anos, sinto-me confiante de que serei capaz de derrotar qualquer uma delas.

-Subestimas sempre o teu inimigo, Howard. Nunca mudaste, mas mesmo assim, depois de te arrancarem o olho, não digas que não te avisei, seu rapaz sem barba. -Guffawed, o que não era característico do velho Brayton. Depois de algumas gargalhadas, os dois foram jantar e deram o seu último passeio pela colina.

Um estranho encontro

13 de Setembro de 1691, Howard e o jovem Conrad são enviados para a residência da família Martel, num local desconhecido perto de Paris. Os anos de treino já lá vão, agora começa a caça. Dez anos só duram para aqueles que detêm o título de último caçador, por isso esperam-no infinitas aventuras, se o destino o permitir, ou melhor, os inimigos que certamente fará pelo caminho. Acompanhado por um jovem frade chamado Conrad, percorrerá os 450 quilómetros de Paris a Inglaterra e chegará provavelmente ao seu destino em cerca de 15 horas sem parar. Ambos seguem em cavalos potentes por caminhos pouco percorridos, mas a irmandade é clara: querem livrar-se de Wolfgang a todo o custo e, possivelmente, de acordo com algumas pistas, ele deverá estar algures em Paris quando não estiver transformado.

- Qual é a tua função, rapaz? - perguntou Howard, enquanto o outro cavalo arrancava a cerca de quarenta quilómetros por hora por entre as clareiras da floresta.

- Contaram-me tudo sobre si, jovem Howard. Vou simplesmente ajudar-te no que puder. - respondeu ele, sem rodeios, e depois acrescentou. -Além disso, tenho aqui comigo todo o tipo de armas para, sabe, matar esses homens demoníacos a que chamam vampiros.

-Prefiro trabalhar sozinho. Por isso, mantém-te à distância, rapaz, não te quero magoar com uma seta de prata...", respondeu enquanto apertava as esporas e acelerava o cavalo, deixando imediatamente para trás o jovem Conrad, que não tinha mais de 25 anos. Era um frade formado em ciências desde criança, como outros jovens da mesma condição de Howard, órfãos ou abandonados à sua sorte. Os quilómetros vão-se perdendo e chegam finalmente à fronteira de Paris, já tarde da noite.

- Conrad Como é que vamos descobrir onde vivem os Martel?

- Não te preocupes Howard, a ordem que tenho é para nos mantermos perto da propriedade dos Martel através da floresta. Eles não sabem que estamos aqui, nem os inimigos que os querem matar. Eu tenho a localização na minha cabeça, é só vir comigo. - murmurou e depois desceram a pequena montanha em direcção à opulenta cidade de Paris em 1791.

-Acho que é um pouco perigoso ir para onde eles vivem a esta hora. Podíamos passar a noite num hotel. - O Conrado pediu-me em casamento.

-Não, se queres ficar, fica. Diz-me só onde fica a localização dessa propriedade.

- Muito bem! Depois, se acontecer alguma coisa de anormal, não digam que não vos avisei. -replicou o assistente, um pouco apreensivo com a entrada na floresta de coníferas.

Era cerca da meia-noite e a cidade de Paris já estava deserta, sem que se visse uma única alma nas ruas, tudo fruto do medo e da paranóia que estas coisas provocavam desde há uma década, quando invadiam algumas aldeias e cidades. O caminho que ambos tomaram conduziu à mansão dos Martel, uma das cinco famílias mais poderosas de França e que, nos círculos da alta sociedade, se dizia serem os verdadeiros governantes do reino e não, como Luís XVIII queria fazer crer, apenas mais um fantoche da coroa. Howard e Conrad passaram alguns dias sem nada de extraordinário. Para perder tempo, começaram a colocar armadilhas por toda a floresta perto da residência dos Martel, que era gigantesca e protegida por um muro de segurança. Montaram dezenas de cruzes com alhos e estacas. E algumas redes com cordas. Howard não gostava muito daquilo, pois estava sempre aborrecido. Desejava, no máximo, ter de caçar uma daquelas coisas que provavelmente andavam à noite pelas aldeias vizinhas.

-Isso é tão chato", Howard sussurrou, "Quanto tempo vamos ficar aqui, Conrad? Não quero passar mais 18 anos sem fazer nada de útil", disse o caçador com um resmungo.

- Não pode falar assim, lembre-se, nós devemos fidelidade à ordem e suas ordens devem ser sempre obedecidas. - disse o frade, enquanto fazia cruzes com varas e as amarrava, e por trás das costas, Howard franziu a testa em resposta:

- Nunca gostei da chamada confraria. Por serem tão fechadas, nem sequer sei onde se situam e quem as dirige. Não quero falar mal, mas provavelmente também não os conhece, excepto por cartas. E, sinceramente, isso não me agrada. Toda a gente se arrisca, menos esses tipos, mas, enfim. -disse o caçador.

-Se fosses ouvido pelo conselho de Howard, serias imediatamente despedido, isso é falar mal da irmandade e poderias ser acusado de traição. É melhor não voltar a dizer isso, nunca se sabe onde há ouvidos....

- E vais dizer-lhes...? -Howard questionou num tom ameaçador.

- Como é que pensa, claro que eu nunca faria isso, só tem de, sabe... esperar por um pouco de compostura.

Howard podia facilmente aniquilar qualquer homem, uma acção que tinha feito em inúmeras ocasiões quando testado por Brayton em certos trilhos e estradas. Todos os homens aniquilados eram obviamente pessoas indesejáveis. Howard chegou a pensar em fugir, pois a sensação persistente de solidão aos 26 anos e o facto de ver que a maioria das pessoas da sua idade se casava faziam-no sentir um vazio existencial. Mas rapidamente mudou de mentalidade e concentrou-se apenas no seu destino: matar aquelas coisas. Não tinha razões para fugir, não tinha família à sua espera em casa, nem sequer um amor pelo qual lutar, por isso terminou o treino sem voltar a pensar nisso. Não havia nada a fazer, a sua mentalidade tinha sido forjada no combate e ele não conhecia mais nada para além daquele mundo.

Uma noite, antes de entrarem em serviço, os dois estavam a falar de tudo e de nada:

- Sabes como é que estas coisas que querem dominar o mundo começaram? perguntou-lhe Conrado, enquanto saboreava um guisado de batata e carne que ele próprio tinha preparado. Howard não disse nada durante um momento, mas depois disse: ....

- Só sei o que me disseram, que... eles existem há milhares de anos e de alguma forma sobreviveram para fazer as suas coisas, mas há sempre alguém que ressurge e os mantém à distância. -Comentou enquanto olhava para a lua cheia que por vezes era visível no horizonte, enquanto as nuvens a cobriam e destapavam.

-Vocês, caçadores, não estão a perceber a história toda", disse o delegado. -Howard olhou-o incrédulo, e acenou-lhe com a cabeça para que continuasse.

- Não esperem nada, vamos lá...

- Se me perguntarem, vou contar-vos rapidamente um pouco do que ouvi em primeira mão; de alguém que quebrou o protocolo e me contou muito do que realmente acontece.

"Há milhares de anos, nos primórdios da humanidade, depois do dilúvio, houve uma raça de anjos caídos que acasalaram com alguns dos machos dos cananeus, de onde surgiram maldições abomináveis, como os lobisomens. Do lado dos egípcios, caiu um grupo há mais de sete mil anos, e dessa raça nasceram os chamados vampiros ou demónios físicos. Estas duas linhagens são inimigas há milhares de anos, pois ambas querem o controlo da Terra. Houve tempos em que os vampiros dominavam e controlavam os reis a partir das sombras, agora a situação mudou, os licantropos tornaram-se tão poderosos que quase "exterminaram" os vampiros na Europa. A irmandade nasceu 50 anos depois destas criaturas para as deter e foi então que o título de último caçador foi introduzido. E, embora não seja difícil de acreditar, o último caçador mais eficiente da história foi a primeira linhagem directa dos Martel e é por isso que a fúria do seu líder há milhares de anos, Wolfgang, quer acabar com a linhagem. Não sei até que ponto a irmandade tem relações com eles, só sabemos que não devem ser mortos a qualquer custo, por isso estamos aqui a guardar a sua residência. Ninguém até agora conseguiu retratar Wolfgang num retrato como fizeram com o presumível líder dos vampiros: Strocker, e foi um dos caçadores que o matou, presumivelmente em 1200 d.C.E....-.

Conrado ainda estava a contar quando, de repente, o som galopante dos passos de um par de cavalos a correr em direcção ao castelo dos Martel os alertou. Howard pegou imediatamente no cartucho da sua besta, que continha vinte pequenas flechas automáticas, e correu para o local onde se encontrava a pequena estrada. O luar iluminou a brecha e os cavalos apareceram a toda a velocidade, abrindo um rasto poeirento atrás de si.

- Meu Deus! -exclamou Conrado com um medo evidente no rosto, "não! é de certeza uma besta de Howard".

O último caçador aguardava e apontava a sua besta atrás dos cavalos, à espera do que viesse em perseguição daquela gente que não se reconhecia como mulher ou homem, pois usava uma espécie de xaile medieval. Não passaram mais de dez segundos quando apareceu: a besta. Tudo estava certo, a lua cheia era o gatilho para estas coisas diabólicas. Um lobisomem aproximava-se a uma velocidade impressionante, talvez se ninguém fizesse nada aquela coisa o alcançasse e destruísse quem tentasse fugir, pois a entrada do castelo apesar de haver duas torres de vigia a vigiar não seria notada a tempo de as abrir. Howard, sem pensar, lançou uma chuva de flechas com pontas de prata que perfuraram partes do corpo da fera, mas surpreendentemente ela não parou e continuou a alcançá-lo. Howard ficou impressionado com a resistência do licantropo à prata, por isso correu pelo caminho que levava à estrada a toda a velocidade enquanto tentava acertar no lobo, que estava prestes a perder o rumo numa bifurcação da estrada, quando uma flecha acertou em cheio no tendão de Aquiles da criatura e a fez cair.

Não demorou muito para que a coisa morresse e se tornasse o que era: um homem que carregava a maldição, um cananeu. Porque uma pessoa que tivesse sido mordida numa lua cheia por um lobo só se transformava, mas não herdava a resistência anormal que aquele espécime tinha, por isso os originais ficavam para trás.

- Olha para o Howard! Deste-lhe toda a carga da besta de ponta de prata e mesmo assim não o conseguiste deter, inacreditável! - exclamou o ajudante no meio da estrada poeirenta.

-Estranho, é a sua resistência que é anormal, mas não importa, eles serão perseguidos um a um.

Antes que ele acabasse de dizer isso, homens surgiram de ambos os lados da estrada e apontaram arcos e espadas para Howard. A lua cheia iluminava de tal forma toda a cena que até se podia ver os seus rostos a brilhar à luz.

Menina Martel

- Deixem-nos", diz uma voz de mulher que se aproxima do local e que, passado um momento, é vista a emergir da berma da estrada, acompanhada por dois homens, todos armados.

- Quem são vocês, estranhos, e que raio estão a fazer aqui? Não sabem que é extremamente perigoso e que estão a violar o decreto do rei para não saírem à noite?

- O meu nome é Howard, fomos enviados para caçar estas criaturas.

- Sob as ordens de quem, Sr. Howard? -perguntou a rapariga novamente.

- Pela Irmandade", confessou Conrado, "a ordem enviou-nos uma jovem e disse-nos para ficarmos por aqui, de certeza que deve ser Beatriz Martel, e deixe-me enviar-lhe as minhas condolências pelo seu irmão", acrescentou o frade, espantando Howard que nem sequer sabia disso.

-Sim, a ordem", murmurou Beatriz, hesitante, enquanto o seu rosto mudava para um mais sério. E depois ordenou imediatamente a toda a gente que se dirigisse para o castelo, incluindo os dois.

Obrigada pelo presente", disse ela sarcasticamente a Howard enquanto murmurava para si mesma, "não era preciso matá-lo, nós queríamos que ele estivesse vivo. - disse a mulher, Howard não disse nada e acompanhou-os até ao castelo dos Martel.

-Tragam comida para os nossos convidados", ordenara Miss Beatrice aos criados do local, enquanto Howard e Conrad estavam sentados numa espécie de salão, um lugar bastante elegante e luxuoso, com pinturas em estilo barroco bastante fora do comum para o que representavam; lobisomens e vampiros sinistros lutando entre si, e em alguns outros jaziam caçados e decapitados. Havia também todo o tipo de armas medievais, incluindo estacas, bestas e lanças de prata. Isto indicava claramente que a família Martel tinha sido um baluarte da resistência durante milénios, uma família que tinha lutado contra o mal desde tempos imemoriais, e talvez fosse por isso que a maldição dos licantropos e dos vampiros tinha, de alguma forma, descoberto quem restava daquela linhagem e estava determinada a eliminá-la de uma vez por todas, uma vez que conheciam os segredos, os locais e as formas de os encontrar mais depressa do que a maioria das pessoas. Howard, por outro lado, ficou imediatamente impressionado com a beleza de Beatriz: uma beleza espectacular, com cabelos dourados e um rosto doce, mas é claro que isso era só na aparência, esta senhora era claramente uma caçadora experiente, e talvez cinco anos mais nova do que Howard.

-Podem deixar os aperitivos e ir embora", ordenou aos seus criados assim que tudo foi trazido.

- Quando é que a Irmandade os enviou? - perguntou de novo, dirigindo-se aos dois.

- Temos três dias. -replicou o assistente enquanto provava alguns biscoitos. Howard olhou para ele com desagrado e depois comentou:

- Eles estavam a caçar? Então porque é que nos mandaram para aqui, se era suposto estarem em perigo? - questionou o último caçador, um pouco irritado consigo próprio, não gostando da ideia de que uma família, só porque era tão rica e influente, recebesse um tratamento especial, ao contrário dos muitos que andavam por aí expostos a estes perigos.

-Toda a minha família pertence há séculos à irmandade", disse, apontando para alguns retratos ao fundo que mostravam homens que, evidentemente, pertenciam à sua genealogia e que tinham feito parte da ordem. Depois acrescentou. -Sei disso pela história da família, mas, para dizer a verdade, nunca interagi com a irmandade, só sei que existe nas sombras, e estou surpreendido por ele os ter enviado. Toda a minha família foi morta por vampiros há mais de vinte anos, quando eu era apenas uma criança. O meu irmão morreu há um ano e por isso estou surpreendido como é que eles descobriram.

-Eles apenas me avisaram, senhorita," Conrad murmurou. -Não sei os detalhes, só me disseram para lhe dar os pêsames, não sei como descobriram.

Como é que o teu irmão morreu? -perguntou Howard.

-Há um ano, vínhamos a atravessar a floresta, não era muito tarde, mas o sol já se tinha posto. Quando chegámos a uma curva apertada, eles estavam lá.

- Eles?

- Fomos emboscados e todos os guardas morreram a tentar proteger-nos para nos tirar a mim e ao meu irmão daquele lugar. Infelizmente, quando estávamos a fugir, uma daquelas coisas apanhou-nos e derrubou o meu irmão do cavalo..., eu não consegui sair por causa da inércia do cavalo e vi de longe como o mataram. Não conseguiram apanhar-me de novo porque me refugiei no castelo e eles tinham medo de entrar porque tínhamos uma forma de nos defendermos. Meses mais tarde, apercebemo-nos de que estavam a ser dizimados por licantropos em muitas partes da Europa. De certa forma, regozijei-me, mas no fundo esse pesadelo persegue-me. Sou a última da minha família. -confessou ela, enquanto uma certa melancolia se insinuava no seu belo rosto que até fez com que Howard se sentisse atraído por ela por alguns momentos, embora o fizesse obviamente de forma dissimulada, mas estava a olhar para ela.

-Lamento imenso, Beatriz", comentou Howard quando foi interrompido pela sua companheira.

- E para que é que eles queriam um licantropo vivo, menina?

-Já não são como dantes", disse. São muito mais duros agora, é como se tivessem evoluído, ou não sei o que é. -Ele confessou, deixando os dois atónitos.

Eu disse-te, Conrad, quando disparei a carga completa de prata da besta, nunca antes um licantropo tinha sobrevivido a três e agora, mesmo com quinze, não consegui pará-lo até lhe acertar no calcanhar de Aquiles e o resto tu sabes.

-Afirmativo, caro amigo.

- Então eles sabem", murmurou Beatriz.

Já cacei lobos antes, mas não eram tão resistentes como este aqui, por isso chamou-me tanto a atenção. Não acho que seja o sítio, tenho a certeza que é mais provável que seja um...

- De quê? -respondeu ela.

-Conrad respondeu por Howard e disse:

-Os originais, Miss.

- O que é que me está a tentar dizer?

-Em suma, os licantropos são originários de Canaã há milhares de anos e os vampiros do Egipto há cerca de sete anos. O que eu quero dizer é que estes são provavelmente os originais, e obviamente são muito mais poderosos, e a sua resistência deve-se talvez à incrível regeneração que possuem, mas quando mais e mais prata entra na sua corrente sanguínea, obviamente causa uma quebra no seu sistema levando à morte. Mas é preciso mais e, por isso, é um perigo potencial para qualquer pessoa. Ainda bem que, ao contrário dos vampiros, os lobisomens não podem escolher quem transformar, senão já teríamos sido invadidos há muito tempo por estas criaturas muito mais poderosas e selvagens do que os demónios vampiros. -Conrad confessou, surpreendendo Beatriz e até Howard, que o olhava de lado por não lhe contar tudo.

- Porque não ficas aqui? - propôs Beatriz, -Gostaria muito que viesses comigo amanhã, vamos caçar, localizámos alguns suspeitos que podem ser licantropos. Amanhã será lua cheia, caso contrário teremos de esperar mais uma semana, porque o céu vai ficar coberto de nuvens e vai ser assim durante algum tempo", afirmou ela enquanto se levantava do seu lugar e lhes dizia boa noite, mas não sem antes olhar durante alguns segundos, sorrateiramente, para o rosto másculo de Howard que também a tinha cativado.

-Pode contar com a gente", disse Conrad enquanto saboreava alguns biscoitos com uma bebida quente. Howard achava que não, mas eles estavam lá de qualquer maneira, e seria muito melhor começar a caçada de uma vez por todas, e que melhor; ao lado de uma princesa.

A transformação

No dia seguinte, um grupo de 30 homens que acompanharia Beatrice na caça aos lobisomens preparou as suas armas, algumas de prata e, obviamente, alguns mosquetes que usavam pólvora negra. Os licantropos costumavam aparecer aterrorizando algumas aldeias em França e deixando mortos por todo o lado, um aspecto em que o governo nunca se responsabilizou nem enviou seguranças.

Era a noite de 3 de Outubro de 1791 quando Conrad e Howard, e obviamente Miss Beatrice, iniciaram a sua viagem. O seu destino era a floresta negra que se estendia do norte de França até às fronteiras da Alemanha. Por isso, cavalgaram durante o dia, durante horas, antes de descansarem e iniciarem a caçada. Segundo Beatriz, a informação de que dispunha em primeira mão era que um dos líderes dos licantropos se encontrava nos limites das aldeias próximas da floresta negra; Dagun, que em estado normal passava despercebido, mas na lua cheia transformava-se e dava rédea solta à sua maldade e continuava a infectar as almas desfavorecidas para completar o seu plano de dominar o mundo e aniquilar a linhagem maléfica dos vampiros.

- Vamos dividir-nos em três grupos", disse Beatriz, carregando uma espada lendária que tinha feito parte do primeiro Martel, nos primórdios da Suméria. Howard reparou no símbolo que estava visível no punho. E era o símbolo de um leão negro que todos tinham tatuado com ferro em brasa no peito.

- Como queira, menina. -Apontou para um dos seus. Howard e a sua natureza relutante impediram-no de seguir ordens. Ignorou-as de imediato e ele e Conrad dirigiram-se para o início da floresta negra, enquanto os três grupos atrás deles se dividiam para vasculhar as zonas próximas das aldeias, para o caso de as feras saírem naquela noite de lua cheia. Bestas que, em matilhas, representavam uma ameaça potencial. Eram capazes de devorar pequenas aldeias medievais. Todos se espalharam em locais estratégicos na maior aldeia que poderiam atacar. A lua iluminava toda a floresta e a aldeia de cerca de três mil almas. Uma aldeia de casas de madeira e alguns negócios como ferreiros, bancas de legumes, sementes e carne; uma comunidade típica daqueles tempos.

Aquele homem é muito teimoso, não obedece às minhas ordens", queixou-se Beatriz com raiva, de pé numa pequena colina sobranceira à aldeia, à espera de qualquer indício de pista ou de qualquer outra coisa quando eles aparecessem.

- Claro! Aquele homem é estranho. Não quero parecer conspirador, Beatriz, mas não tenho um bom pressentimento em relação a ele.

- Não te preocupes, Didier! Vamos ver o que ele consegue fazer quando eles aparecem à nossa frente.

Não demorou muito e, por volta das 12h30, apareceram, mas não como se esperava....

-É uma emboscada. Ouvem-se vozes do segundo e terceiro grupos de acompanhantes de Beatriz a serem atacados por algo. Uns do lado oeste e outros do lado leste, onde aguardavam nas suas posições. Era uma confusão. Por vezes, ouviam-se tiros de pólvora dos mosquetes e gritos de pânico vindos de todas as direcções que faziam os oito acompanhantes da rapariga perguntarem-se a quem pedir ajuda.

- Que raio se passa, Beatriz? - gritavam os homens ao seu lado e ela gritava em desespero e não tinha resposta, pois nunca lhes tinha acontecido isto. Alguns empunhavam as suas lanças com pontas de prata, outros as suas bestas e mosquetes, algo se escondia na floresta e devorava os homens que se dispersavam e fugiam para a escuridão da floresta.

- O que é que fazemos, Beatriz? - gritava Didier, parecendo querer fugir para a aldeia, mas desse lado também se ouviam gritos de terror de gente que fugia por todo o lado. Fosse o que fosse que aquela coisa ou coisas estavam a atacar, sabiam da sua presença.

- É um bando de lobisomens! -Howard exclamou com a besta na mão quando saiu de um grupo de árvores e Conrad seguiu-o com um pequeno mosquete na mão.

- Mas como é que eles sabiam que estávamos aqui? -Tu és certamente um traidor", murmurou Didier em voz baixa, enquanto os outros apontavam as armas para as cabeças dos dois homens.

- Podem pensar o que quiserem, mas o mais provável é que essas coisas se tenham apercebido da nossa presença muitas horas antes. Não te esqueças que eles parecem pessoas normais quando não estão transformados, por isso qualquer pessoa pode ter estado e ter dado por isso.

-Rapazes, ele tem razão. Pousem os vossos mosquetes. A única coisa que podemos fazer agora é sair daqui, quantos eram os Howard? perguntou-lhe Beatriz, enquanto os outros ainda olhavam para ele com desconfiança e suspeita.

-Não sei, mas eram muitos", respondeu Conrad. - Estávamos por cima de umas árvores gigantes quando de repente aquelas coisas apareceram como o vento, e provavelmente noutras secções também havia aquelas coisas e foi quando começámos a ouvir os gritos dos vossos homens, e nesse preciso momento foi quando Howard desceu com a besta na mão e eu segui-o. Sabia que era suicídio, porque uma matilha representa um perigo terrível, mas fui com ele. Sabia que era suicídio porque uma alcateia representa um perigo aterrador, mas fui com ele. Chegámos tarde demais, os lobos tinham-nos devorado e não pararam por aí, seguiram em direcção à aldeia, mas alguns deles devem ter ficado a perseguir os outros que fugiram para a floresta e, quando foram mortos, encontrámo-nos com eles e...

-Chega de explicações longas, Conrad," Howard repreendeu-o, "se duvidas de nós, eu vou contigo ver como é que os dois licantropos foram deixados no meio dos seus próprios cadáveres. - disse ele. Depois disso, todos ficaram a olhar para ele com espanto e acreditaram. Ninguém no seu perfeito juízo iria para a floresta para ver cadáveres de licantropos. É evidente que o inimigo era outro.

- Temos de os ir ajudar", sugeriu Beatriz em desespero, "se não os ajudarmos, eles acabam com a aldeia, com as crianças e...

- É suicídio. Mesmo onde estávamos, não passaram mais de vinte", disse Howard, "sabem quantos são vinte? é só uma questão de tempo até nos cheirarem, é melhor correrem depressa, pegarem nos cavalos e saírem deste maldito lugar, eles virão,

-E o que é que vais fazer?", perguntou Beatriz, hesitante, enquanto considerava a proposta.

Eu já lidei com estas coisas antes, é muito mais fácil tratar de mim sozinho do que ter cuidado se algo te acontecer, não te esqueças que a minha missão é proteger-te a todo o custo, por isso ouve-me e vai, o Conrad acompanha-te, vamos! Não percam tempo. - Howard ordenou energicamente enquanto olhava por cima do ombro para a bela mulher. Os gritos de pavor aproximavam-se cada vez mais, muitas pessoas estavam a ser devoradas por estas criaturas que não davam tréguas, e não paravam por nada enquanto a lua estivesse por cima. Era impossível detê-las. Houve segundos em que a mulher recusou, mas com todo o seu orgulho ferido acabou por aceitar.

- Só o vou fazer porque, se morrer hoje, o movimento de resistência estará terminado e eu serei o último a organizar isto. Confessou-o segundos antes de partir com dez homens, entre os quais Conrado, para o interior da floresta, no lado leste, onde tinham deixado os cavalos.

Howard estava imerso nos seus pensamentos. Dentro dele algo estava a acontecer, as lágrimas corriam-lhe pelas faces, não sabia naquele momento o que lhe estava a acontecer, mas olhava para a lua cheia com uma certa melancolia, os seus pensamentos estavam a ser cobertos por um véu, onde a razão estava a sair para dar lugar à fúria. Howard estava a transformar-se num lobisomem. Mas como é que isto é possível? A resposta é muito simples. Minutos antes de chegar quando foi em socorro dos homens de Beatriz ele poderia facilmente aniquilar um com uma chuva de flechas de prata, mas sem perceber uma fera saiu do lado e o atacou e conseguiu morder seu braço, mesmo Howard se defendendo com sua besta ele conseguiu feri-la e, ali mesmo em seu corpo a matou perfurando-a com uma faca de prata que ele sempre costumava carregar na coxa presa por uma bainha. Conrado, quando soube do sucedido, ajudou-o a tirá-la de cima de si, mas sabia que provavelmente iria contrair a maldição. O que aconteceu com cada um de mil. Howard pediu-lhe que o matasse com o seu mosquete, mas Conrado recusou; desobedecendo ao protocolo da irmandade de aniquilar qualquer um que fosse mordido. Então concordaram que ele ficaria e enfrentaria essas coisas, sabendo que não tinha um futuro promissor.

Howard começou a transformar-se violentamente, o seu corpo de uns meros oitenta e cinco quilos deu lugar a uma besta de fúria incontrolável onde o raciocínio se lhe tinha entranhado na alma. O corpo da fera era dotado de uma musculatura poderosa e de um rosto semelhante ao de um lobo, mas muito mais diabólico e temível, com mandíbulas poderosas que podiam partir ossos e, obviamente, com uma figura humanóide de cerca de 1,80m. Agora que Howard estava dominado por uma fúria incontrolável, o seu olfacto dizia-lhe que havia coisas como ele a moverem-se muito abaixo da colina onde se encontrava a cidade. A uma velocidade vertiginosa, o poderoso licantropo que outrora fora Howard dirigiu-se para a aldeia, pronto para... fazer o que qualquer lobisomem faria: matar, matar, matar quem se atravessasse no seu caminho.

Nessa noite, Breatice e os restantes, incluindo Conrad, conseguiram sair em segurança da floresta amaldiçoada, enquanto a aldeia era impiedosamente devastada. Incrivelmente, Howard caçou um grande número desses lobos durante a noite, mas infelizmente ficou gravemente ferido quando enfrentou Dagun, o segundo, talvez o de Wolfgang, e o matou, mas não antes de ser brutalmente atacado pelos restantes, e depois, quando a lua se pôs, foi deixado deitado no meio da aldeia, enquanto uma chuva leve lhe encharcava o rosto. Mas, graças a um destino "milagroso", foi salvo por um homem estranho que o levou para longe dali, antes que um contingente do rei Luís XV chegasse vinte horas mais tarde, para encontrar uma cidade fantasma, totalmente arrasada, e corpos todos desmembrados e outros que nunca apareceram. Nessa noite, mais de três mil almas pereceram e um remanescente de talvez menos de cinco tornou-se a maldição: licantropos entre eles Howard. Um ataque daquela magnitude nunca tinha acontecido antes. Era uma mensagem forte de que era apenas uma questão de tempo até que os licantropos dominassem a terra.

- Quem são vocês? Onde é que eu estou? - balbuciou Howard, mal abrindo um olho. O seu corpo estava completamente lacerado depois de uma batalha brutal com os seus homólogos.

-Isso agora não interessa, rapaz. -replicou o estranho, enquanto lhe entregava uma mistura de plantas misteriosas. - Vá, toma! Vai curar as tuas feridas e os teus ossos. Se queres sarar, não resistas.

Howard passou vinte longos dias antes de voltar a levantar-se.

- Quem és tu, porque me salvaste sabendo o que eu sou?

- Porque és simplesmente uma vítima, Howard. - De que estás a falar? Como sabes o meu nome? responde-me", gritou o caçador para o homem maduro que lhe tinha salvado a vida.

Vou confessar-lhe uma coisa que pode, talvez, mudar toda a sua visão das coisas. -Howard olhou-o desconfiado, sem saber o que ele queria dizer com aquelas palavras misteriosas, mas tentou acalmar-se para ouvir à beira do penhasco que estava imerso numa selva perto da Alemanha.

-A irmandade que sempre defendeste não é o que pensas que é, Howard. - Ele pronunciou aquelas palavras que atingiram profundamente o jovem caçador.

- Não percebo, o que é que quer dizer?

-A irmandade que defendes é a culpada pelos ataques.

-Espera!

- Não me interrompas, quero contar-te tudo e depois podes julgar. - O homem maduro, que não tinha dito o seu nome até àquele momento, escondia um segredo que iria magoar muito Howard.

- O Sr. Allard nunca foi o líder da irmandade, foi apenas um engano da sua parte, era apenas um fantoche, nunca teve poder e também nunca conheceu verdadeiramente os segredos da ordem.

-Espere, o que está a tentar dizer que...?

-Que o verdadeiro líder da irmandade mudou quando o primeiro Mortel morreu traído pelo seu melhor amigo. E sabem quem foi o amigo que durante anos se fez passar por humano e nunca conseguiu suspeitar do primeiro líder da rebelião: Wolfgang, nos tempos da Suméria.

- Como é que sabe tudo isto? Quem lhe disse?

- Sempre estive por detrás da sombra e desejo que aniquilem Wolfgang; eu ajudo-vos.

- Como é que me vais ajudar? -Respondeu Howard.

- Está na altura de contar a verdade ao Howard. A tua mãe, sabes porque é que ela nunca falou do teu pai? O teu pai, não o pai dos teus irmãos.

- Só porque não estou cem por cento recuperado, senão dava-lhe uma tareia. És doido. Porque falas assim da minha família? Como é que os conheceste? De certeza que és uma bruxa?

- Sabes porque é que o Howard não morreu quando a peste chegou e a maioria das pessoas morreu?

O caçador ficou estupefacto, não sabia como é que o estranho homem de meia-idade lhe estava a contar toda a história da sua vida.

-Isto é de loucos, é melhor ir-me embora daqui... maldito warlock....

-A razão pela qual não morreste da peste que assolou a Inglaterra e parte da Europa há mais de dezoito anos foi porque tens o meu sangue, Howard. -O estranho homem confessou em tom alto, deixando os olhos de Howard arregalados de choque. - Por outras palavras, o homem estava a dizer-lhe que ele era: o seu pai. Algo inconcebível para a mente de Howard, que sempre odiara o pai, que nunca conhecera.

- O meu nome é Kirkang e sou um dos primeiros vampiros a andar na Terra, há mais de seis mil anos. Mas, por favor, não fiquem com a ideia errada sobre mim. Sou um dos poucos que optaram por desertar da irmandade dos vampiros que fazem guerra aos licantropos, ambos imersos num desejo incontrolável de dominar o mundo. -confessou. - Howard estava de pé, pensativo, a olhar para o horizonte num dia nublado.

-Como é possível que, se eu sou teu filho, não seja um vampiro e tu estejas aqui na luz que se filtra através das nuvens?

- Porque algo evoluiu em mim, sou um dos poucos que consegue suportar esta quantidade de luz sem morrer, ao contrário da maioria. Herdaste cem por cento da capacidade de nós, mas o teu sangue é o meu sangue e é por isso que as tuas capacidades, é por isso que o Allard te escolheu muito antes de te aperceberes. Nunca mais me pude aproximar da tua mãe, porque a irmandade estava por perto a tentar caçar-me, por isso tive de fugir para muito, muito longe de Inglaterra.

-Não sabes o quanto a minha mãe sofreu, e nós nunca tivemos ajuda. Ela morreu e..." disse o caçador à beira das lágrimas.

Perdoa-me, Howard. Não sabes o quanto foi um martírio para mim não te ver crescer como sempre desejei. Amei a tua mãe como nunca antes, ela foi a mais especial de todas as mães que tive. Só te quero dizer que se me deixares....

- Basta! Não és o meu pai, és um impostor, só posso agradecer a tua ajuda, mas preferia que me tivesses deixado lá a morrer, sabendo que agora sou uma besta. -Dizendo estas palavras, Howard partiu e perdeu-se logo numa bifurcação.

Howard partiu com o coração ferido depois de ouvir aquelas verdades, bem, se é que eram verdades. Mas, evidentemente, ele sabia que, se aquele homem fosse realmente um inimigo, tê-lo-ia matado ali, naquela caverna escura. Mas foi exactamente o contrário: curou-o e tratou-o como há muito tempo ninguém o tratava. O último caçador partiu de Paris em busca do seu amigo, com a ideia clara de que teria de se manter afastado durante a noite para não fazer mal a ninguém.

Howard vs Wolfgang

Depois desse encontro com o estranho homem que dizia ser seu pai, Howard durou mais alguns dias antes de reaparecer na residência dos Martel. Nesse tempo solitário, conseguiu recuperar imediatamente graças às três transformações que sofreu durante esse tempo devido à lua cheia. Ao contrário da maior parte dos licantropos, Howard, com um coração puro, podia pelo menos ter centelhas de consciência, o que lhe dava algum controlo para tomar decisões em momentos críticos. Infelizmente, nem sempre era esse o caso e muitas vezes conseguia magoar e matar pessoas inocentes. Alguns dias mais tarde, encontrou-se com Conrad no castelo dos Martel.

-Estás bem, amigo", disse Conrad enquanto o abraçava.

-Pensei que tinhas sido assassinado - disse o frade surpreendido - até esperava chorar por ti, e olha para ti, estás saudável, mas como...?

-É uma longa história, agora quero perguntar-lhe uma coisa Conrad.

- Vá lá! Pergunta qualquer coisa.

- Uma pessoa salvou-me depois de ter sido mortalmente ferido na luta contra Dagun e companhia, eu matei-o, mas também os seus lacaios quase me mataram. Eu estava quase sem vida e tinha sido des-transformado, nesse período perdi a consciência e depois abri os olhos dentro de uma caverna escura e húmida. Em resumo, aquele homem me curou, e o que ele me contou depois foi uma loucura. Tem certeza de que não sabe nada do que vou lhe confessar agora? -disse Howard, pegando a batina do frade, que parecia assustado.

-Não, meu amigo, qual é o mistério?

- Que o líder da irmandade é Wolfgang e que sempre fomos enganados. E não foi só isso, ele também me contou muita da história que me contaste e factos sobre os Martel, como o facto de ele ter sido um dos primeiros a enfrentar a irmandade dos licantropos e ter sido quase dizimado. Depois separou-se dos seus por causa da ambição de dominar o mundo, coisa que ele era totalmente contra, e uma coisa que também me contou foi que ele era meu pai. Se ele fosse um inimigo, não achas que me teria aniquilado lá? -Conrad começou a tremer da cabeça aos pés, algo que aparentemente sabia.

-Ameaçaram-me que..." murmurou quando a sua voz foi cortada pelo medo.

És um traidor, confiei em ti e tu traíste-me....

-Por favor, não digam isso. Não o sabia de todo, mas senti uma vez, quando vi o meu professor, um documento antigo onde aparentemente se falava de algo assim, embora o tenha visto rapidamente e quisesse ficar incrédulo, sabe! foi-nos incutida a lealdade de vida e de morte à irmandade; por isso é difícil acreditar se é verdade o que me está a dizer.

-És um maldito traidor, foste tu que avisaste os licantropos, e foi por isso que eles nos atacaram na floresta quando ninguém sabia da nossa localização, não achas isso estranho? -disse Howard enquanto olhava para ele com desconfiança e o levantava um pé do chão.

-Juro que não fui eu, vê se ganhas juízo! Não faças nenhuma tolice, Howard, já te contei tudo sobre a irmandade. O que é que te posso dizer? Nem eu sabia essas informações. O caçador caiu em si e dirigia-se para a saída do castelo quando o frade atrás dele confessou:

- Ele gostava de ti! Não parava de falar de ti este tempo todo, de alguma forma lamentava a tua perda, certamente quando se aperceber que estás viva, ha! Sabes que podias tentar um...

-Howard não disse nada e continuou a dirigir-se para a saída, mas é óbvio que tinha ficado encantado com aquele facto. Nunca, nos seus trinta anos, tivera tal sensação de que uma mulher tinha, de alguma forma, reparado nele, e quem melhor do que Beatrice, uma princesa que qualquer pessoa gostaria de ter.

A mente do caçador estava indecisa quanto ao rumo a tomar, agora que era um monstro, um monstro fora de controlo numa lua cheia. E não queria magoar esta mulher que estava a tornar-se alguém especial, apesar de só a ter visto um par de vezes. Por isso, a única forma de não magoar ninguém, era no meio da floresta, bem longe dali.

Antes de escurecer, o caçador já estava a sair da cidade de Paris por alguns caminhos montanhosos. De repente, algo o alertou e a sua besta foi imediatamente levantada e apontada ao peito de um homem que emergia de um matagal.

- Quem raio és tu? -perguntou, enquanto olhava de lado para o cruzamento da mata para se certificar de que não havia mais ninguém. -Responde, o que estás a fazer a seguir-me?

- Não te preocupes. Eu não sou um inimigo.

Howard olhou para ele com malícia, mas depressa percebeu que as intenções do homem não eram más.

-Se não tens más intenções, porque me segues?

- Quero dizer-vos uma coisa, não sei se é perigoso estarmos aqui no meio do nada, podemos ser atacados por qualquer inimigo... porque não subimos aquela colina por precaução?

- Duvido, diz o que tens a dizer.

-Tudo bem, só quero dizer-vos, o traidor, aquele que avisou os... aqueles que se transformam em bestas. Ele era um dos que serviam no castelo Martel.

- Como é que sabes isso? -disse o caçador num tom ameaçador.

- Não estou autorizado a falar, espero que compreendam, mas o traidor é um indivíduo chamado Didier, que trabalha com a menina Beatrice. Eu estava lá quando esse indivíduo se encontrou com Wolfgang na sala do conselho do rei Luís XV. - Depois de confessar aquela informação de vida ou de morte, Howard sentiu-se numa bolha de sonho onde aconteciam as coisas mais loucas, traição após traição. Apesar do homem misterioso, Howard acreditava. Não havia razão para não o fazer, temia voltar nessa noite, pois era noite de lua cheia e regressar aos confins de Paris seria suicídio.

- Agradeço a quem vos enviou, é melhor voltarem para a cidade", sugeriu, "pode ser demasiado perigoso entrar nesta selva.

-Ainda não acabei, mas... esta informação que vos vou dar é perigosa. Eu sei onde está Wolfgang, o líder da irmandade e dos licantropos. -Ele me garantiu. - Quando terminou de dizer isso, Howard se assustou, o que não era comum para ele. E não hesitou em fazer com que o homem lhe dissesse onde encontrá-lo.

- Levas-me até ele?

- É essa a minha missão, meu jovem, mas antes aviso-o de que apenas indicarei o local e o homem de que estamos a falar.

Receando transformar-se num lobisomem quando a lua nascesse, Howard confessou-lhe que tinha a maldição e que tinham de se despachar antes que se tornasse perigoso para o homem. O homem disse-lhe que Wolfgang estava numa casa de campo nos arredores de Paris, numa propriedade. E que a sua guarda era composta por nada menos do que dez homens. Sem perder tempo, regressaram à cidade. No coração de Howard havia sentimentos contraditórios. Por um lado, sentia que ia morrer naquela noite tentando acabar de uma vez por todas com aquele a quem chamavam Wolfgang, poderoso líder dos licantropos, tão antigo como a civilização humana. Não tinha medo, mas sentia saudade e melancolia por não ter conhecido mais emocionalmente aquela princesa chamada Beatriz que lhe tinha sido cravada no fundo da alma. Mas a vingança era mais forte, não conseguia conter a sua fúria, de alguma forma os culpados pela morte da sua mãe e irmãos tinham sido a irmandade que tanto defendia. Era altura de acabar com tudo.

Três horas depois e com a lua prestes a nascer, Howard estava numa pequena montanha em frente à enorme casa de Wolfgang com o homem que o tinha trazido até ali.

Tens de ir", sugeriu Howard, "se eu sair vivo, encontro-te e pago-te. -acrescentou.

-Eles já o fizeram, não te preocupes, boa sorte! - exclamou o homem ao sair.

Howard sabia que a sua única hipótese era transformar-se num lobisomem quando a lua estivesse no seu ponto mais intenso. No seu corpo, já sentia a sensação de formigueiro antes de se transformar. Mas então o terror apoderou-se dele. À volta de Howard apareceram cinco lobisomens, entre eles um homem que não estava transformado, e esse homem era Wolfgang, o líder dos licantropos que nunca ninguém tinha conhecido pessoalmente.

-Pensou que eu era estúpido por permitir que estranhos se aproximassem da minha casa. Ah! Outra coisa, o seu querido amigo tinha de ..... -O homem, que tinha um porte incrivelmente elegante, observou com ar zombeteiro. Era de uma altura considerável e tinha um rosto de que nunca se suspeitaria. Howard ficou atónito, não podia acreditar que tinha sido descoberto, apesar de estar suficientemente longe da residência. Doía-lhe profundamente que tivessem matado aquele homem inocente que o acompanhava e cujo corpo estaria certamente mutilado algures naquele lugar montanhoso.

-És um maldito Wolfgang. Escondeste-te com a nobreza, seu cobarde! Foi por isso que fugiste. -Howard não demonstrava absolutamente nenhum medo, apesar de cinco lobisomens, possivelmente os originais de Canaã, o cercarem a cerca de cinco metros dele, por trás de uma folhagem alta, esperando a ordem de seu mestre para devorá-lo.

-Estou surpreendido por saberes o meu nome. -Wolfgang", admitiu Wolfgang, que era incrivelmente confiante e arrogante.

-Eu sou o último caçador, um título que a tua maldita irmandade me deu e agora só posso imaginar porquê. Queriam que eu acabasse com os vossos rivais, os vampiros. Agora sei tudo, tudo se encaixa. Em todo o meu treino, a maioria das pessoas com quem casei eram vampiros. Talvez todos maus, mas descobri recentemente que nem todos o são. Por isso, às vezes sacrificavas alguns dos teus para que não suspeitassem que o líder deles eras tu; um licantropo que quer dominar o mundo e que recentemente o provaste com Dagun, no norte de França, eliminando comunidades inteiras de pessoas inocentes. Mas deixem-me informar-vos que já o executei. -Howard sentenciou Wolfgang, que tinha ficado atónito com a informação, a um Wolfgang atónito. Ele não podia acreditar que seu braço direito, Dagun, havia sido morto por aquele humano insignificante. Howard segurava a sua besta na mão, claramente apontada para o homem. A lua estava a entrar na sua fase mais brilhante, iluminando toda a cena na floresta de ciprestes.

- Ora, ora, ora! - exclamou Wolfgang com indulgência, - Quem diria? Um dos que foram treinados pela irmandade revela-se. És um tolo. A irmandade trabalhou assim, subtilmente. Não sei quem te contou, mas é tudo verdade. Eu sou o líder, e é a forma como os caçadores nos servem sem nunca saberem a quem estão a servir. -disse sarcasticamente, enquanto se ria e olhava para a lua cheia. Era apenas uma questão de tempo até Howard se transformar. Wolfgang não se tinha apercebido disso até àquele momento; um erro que lhe poderia custar muito caro.

- Vai ser um prazer pendurar a tua cabeça na entrada da cidade, seu sacana! - comentou o caçador.

-Antes que o teu segredo seja deixado nesta floresta, posso saber o teu nome? -perguntou o licantropo, com o rosto muito mais sério do que no início. E isso só significava uma coisa, que era apenas uma questão de segundos até ele se transformar.

-Howard.

- Inacreditável! É pena, Howard, que a tua sepultura seja aqui perto da minha residência, no meio do nada. Não permitirei que contraias a maldição se ainda estiveres vivo, serás comido e desmembrado imediatamente. -declarou ele num tom agressivo. Começou a avançar em direcção a Howard, mas algo o impediu.

-Espera Wolfgang, antes de te matar, quero que saibas uma coisa. Vês como a lua é bonita e intensa, não achas que é suficiente para transformar uma besta? - Howard gritou enquanto seu corpo se transformava, deixando Wolfgang em estado de choque e incrédulo. O caçador soltou a sua maldição e transformou-se num poderoso licantropo. Wolfgang fez o mesmo e os dois enfrentaram-se numa colossal batalha de dois titãs. A batalha durou alguns minutos quando, para surpresa de Wolfgang, Howard estava a ganhar terreno e foi então que os cinco que acompanhavam o líder licantropo entraram e começaram a bater em Howard, magoando-o de cada vez que o seu corpo batia e partia árvores. Sabendo que não lhe restava muito tempo, decidiu o seu último plano, mas nesse preciso momento ele apareceu. Sim, o pai de Howard; o poderoso Vampiro Kirkang e com ele veio um punhado de vampiros prontos a ajudar Howard que, naquele momento, tinha recuperado alguma sanidade. Os lobisomens entraram em êxtase brutal, avançando de imediato para os vampiros e colidindo numa investida feroz e sedenta de sangue.

-Howard, sai daqui! Vem aí uma legião de licantropos, vamos, é melhor correres, filho! -exclamou o vampiro, -É a tua vez de viver, nós vamos tentar tratar deles, vai! encontra a Beatriz e sê feliz. - disse ele enquanto lhe dizia telepaticamente um último pensamento. A única maneira de voltar a ser humano é combinar o sangue de um vampiro com o de um lobisomem puro e injectar-te a meio da noite com a lua cheia por cima, és meu filho e agora é a minha vez de pagar o preço.

Depois destas palavras, Howard perdeu-se nas profundezas da vasta floresta de ciprestes para um destino desconhecido. A legião de Wolfgang foi esmagada, mas, infelizmente, também com ele, o pai de Howard, que jazia morto ao lado do cadáver do tirano, enquanto os raios de luar os iluminavam. Foi uma cena épica em que as duas legiões se enfrentaram na batalha final e em que poucos saíram vivos.

Depois disso, os licantropos, sem um líder poderoso como o maléfico Wolfgang, começaram a desintegrar-se com o tempo e, em 1900, ano em que conto esta história, I Howard, a irmandade desapareceu e agora a irmandade dos vampiros que seguiram os ideais do meu pai conseguiu fazer-lhes frente e aos vampiros maléficos que ainda querem emergir das sombras.

Nunca conseguiria ter uma vida feliz com a Beatriz até só poder olhar para ela de longe sem que ela soubesse de mim. As minhas lágrimas correram quando me apercebi, mais tarde, que ela se tinha casado e que os filhos a tinham seguido. Os anos passaram e continuo a ter essa maldição todas as noites de lua cheia. Infelizmente, até agora não consegui encontrar um lobisomem puro e um vampiro da linhagem real, nada funcionou ao longo das décadas. Por isso, resignei-me e só me resta esperar que o tempo faça o seu trabalho. Pesquisei e, de acordo com os escritos milenares da família Martel, um lobisomem perece aos mil anos de idade enquanto não se controlar, coisa que eu já fiz. Envelheci e a verdade é que ainda me estou a transformar em lua cheia. Embora mantenha os meus impulsos selvagens sob controlo, prefiro, à noite, ser algemado pelos meus assistentes, os penúltimos caçadores. Ensinei-os para que possam aniquilar o que resta na terra. Didier foi executado dias depois da batalha de Wolfgang. Nunca mais se ouviu falar de Conrad. Ainda me arrependo de o ter tratado tão mal e de o ter culpado por algo que ele não tinha feito. Também descobri mais tarde que nunca foi a Ordem que me enviou para Paris, mas que o meu pai foi o responsável pelo envio dessa ordem "assinada pela Irmandade" e, da mesma forma que me enviou, enganou Conrado. Ainda não sei quais eram os seus motivos, mas olhando agora para trás, penso que foi o melhor.

A Beatriz morreu há mais de oitenta anos e posso dizer que foi o amor da minha vida, apesar de nunca termos podido estar juntos. Algum tempo depois de eu ter deixado a França, ela soube que eu a amava. Sei que um dia, no céu, seremos felizes. O teu amigo Howard Rick. Londres, 1924.

A origem do Licantro
A guerra dos caídos

Como é que tudo isto aconteceu?

Os Caídos e a sua maldição

Depois do grande dilúvio, agora chamado dilúvio, um segundo remanescente de anjos caídos revelou-se novamente ao seu criador e desceu à Terra quando a Suméria estava a emergir como a primeira civilização da Terra. E quando Nimrod (Gilgamesh) era o mais poderoso do mundo. Nessa altura, a cidade de Eridu era a cidade mais importante do mundo e talvez a única metrópole existente. E ali desceram os caídos, um grupo de belos anjos que cativaram as fêmeas humanas e logo as tomaram para si e começaram a gerar seres para eles. Nemrod, sabendo que nada podia fazer contra eles, acolheu-os e fez uma lei: adorar o chefe deles, cujo nome era Licanktro.

Passaram algumas luas e algo aconteceu na substância dos corpos que tinham sido feitos por esses anjos e que anteriormente tinham gerado nefilins, mas desta vez os sumérios tiveram filhos que na lua cheia se transformaram em seres diabólicos conhecidos inicialmente como licantropos ou licantropos em honra da sua origem; o chefe dos demónios que desceram em 8.000 AC. Estes seres que se transformavam na lua cheia em seres horrivelmente perigosos, flagelavam e matavam todos aqueles que se cruzavam no seu caminho. A sua bestialidade era tão incomparável que até os demónios materializados os temiam por serem tão incontroláveis e só conseguiam lidar com eles quando regressavam aos seus corpos espirituais.

Nimrod (Gilgamesh) viu neles uma oportunidade para se libertar do jugo dos demónios materializados que, de alguma forma, o controlavam, apesar de ser o rei dos estados sumérios.

Licanktro e o grupo de 24 anjos caídos temiam, de alguma forma, que se continuassem a procriar sem controlo e a gerar estas criaturas, em breve atrairiam a atenção dos celestiais. Mas a paixão pelas fêmeas humanas era demasiada, e essa mesma paixão cegou-os até que um dia um grupo de anjos do céu desceu com a missão de executar a ordem de os aprisionar. Sabendo de antemão que seriam julgados, fugiram para os céus celestes, para as dimensões ocultas e nunca mais viram seus filhos queridos, aqueles que chamavam de filhos licantropos de Licanktro. Os anjos trouxeram apenas a ordem de banir da terra aqueles que semeavam o mal no mundo, e novamente voltaram aos céus.

Algum tempo depois, Nemrod tentou controlar todos estes homens licantropos para dominar o oriente e o ocidente, mas era impossível controlar estas bestas poderosas que, com os filtros do luar, se tornavam tão ferozes que destroçavam grupos de soldados dentro dos palácios e desencadeavam o caos e o terror. Nesta época de caos nocturno, surgiu um dia o primeiro herói da Antiguidade: Martel, o Carrasco. Era um poderoso guerreiro acádio, do reino de Acádia, que começou a caçar os licantropos, a que chamava lobisomens devido à sua morfologia humanóide, mas com uma grande semelhança com a cara de um lobisomem negro. Começou a caçá-los todas as luas cheias, até que rapidamente começaram a desaparecer. Mas, obviamente, era uma táctica de alguém por detrás das sombras que os escondia dele. Ele foi o primeiro guerreiro que começou a descobrir as fraquezas dessas criaturas demoníacas.

Anos mais tarde, um guerreiro chamado Wolfgang juntou-se a ele para enfrentar os licantropos. Mas, infelizmente, este homem que durante cinco longos anos se fez passar por amigo de Martel era um deles: um licantropo e o filho primogénito de Licanktro, líder da pequena rebelião que deu início a esta raça híbrida e amaldiçoada.

Quando os anjos caídos vieram para a Terra e criaram corpos físicos para si, algo possivelmente no seu ADN sofreu uma mutação como uma maldição. E assim geraram estas criaturas aterradoras que todas as noites se revelavam e derramavam sangue por toda a terra da Suméria e arredores.

Wolfgang matou o guerreiro Martel perto do rio Eufrates quando um grupo de lobisomens liderados por Wolfgang emboscou os guerreiros de Martel e matou-os a todos. Segundo os anais de algumas tábuas sumérias, em 7900 a.C., os lobisomens tinham-se espalhado por mais de 1500 licantropos por todo o mundo, fazendo com que Wolfgang se tornasse, por detrás das sombras, o ser mais poderoso do mundo, aquele que estabelecia reis e os derrubava.

Mas algo aconteceu nos anos 7500 quando outro grupo de anjos que estavam em inimizade com os primeiros que desceram e que eram amigos de Lúcifer, desceram perto do Nilo e este grupo era liderado por Varmkirus, um poderoso demónio da dimensão Ajiruszerafine. E no Egipto também fizeram corpos e a partir deles começaram a gerar seres deformados com cabeças em forma de ovo ao estilo de Akhenaton e voltaram a deformar os seus corpos porque os seus filhos não estavam a nascer como eles desejavam. Depois de algum tempo a aperfeiçoar a sua materialização de corpos espirituais para corpos físicos: conseguiram. Conseguiram criar crias chamadas demónios ou vampiros, que mais tarde viriam a ser conhecidos como vampiros. Obviamente, estes seres tinham também certas mutações nas suas células que os dotaram de características particulares.

E este grupo chegou a Tebas e rapidamente destituiu os faraós e colocou um dos seus como líder supremo. De imediato, aperceberam-se de que na Terra também havia darkspawn que queriam tomar o poder do mundo da mesma forma. Isto não podiam permitir, pois só Varmkirus queria controlar o mundo. A sua ânsia de poder era tão grande que não se importava com nada, nem mesmo em ser acorrentado pelos celestiais.

Os vampiros tinham uma característica em comum: não podiam sair ao sol, que os afectava de tal forma que os podia pulverizar, e por isso escondiam-se na escuridão para atacar as suas vítimas. Alimentavam-se apenas de sangue e, por razões óbvias, preferiam o sangue humano. Podiam transformar-se em demónios para enfrentar os licantropos que possuíam uma enorme força e potência muscular. Quando se transformavam, os vampiros de aspecto humano continuavam a crescer, mas com uma aparência diabólica e de pele escura.

Os primeiros confrontos entre os dois gigantes tiveram lugar na Suméria. Onde os licantropos liderados por Wolfgang logo começaram a eliminar os Vampirius. Furioso, o demónio Varmkirus foi pessoalmente enfrentar Wolfgang, pois sabia que não estava à altura de um verdadeiro anjo e dos seus lacaios. O que ele não contava era que, nessa batalha, um demónio bisbilhoteiro que se escondia nas sombras da cidade da Suméria, denunciasse ao céu, apesar do seu julgamento, que na terra havia um grupo de demónios que queria controlar o mundo com a sua cria: os Vampirius. Nessa reunião, Wolfgang obviamente não apareceu por medo de ser aniquilado. Mas os anjos celestiais chegaram e Varmkirus foi preso com os seus anjos e enviado para o abismo pela sua audácia, onde passaria a eternidade.

Temendo o mesmo destino, Wolfgang controlou as suas bestas para não tornar o seu controlo do mundo tão óbvio. Por isso, escondeu-se atrás das sombras e durante milhares de anos manteve-se discreto atrás dos tronos dos reis controlando, movendo as peças e fazendo guerra aos vampiros que se instalaram no Egipto: o seu reduto. Em breve começou a espalhar-se. Em algumas partes perdeu poder, mas em outras ganhou, como o povo maldito de Canaã em 4000 a.C. O povo cananeu estava dividido em diferentes secções, cada uma com o seu próprio rei, mas quando iam para a batalha formavam um único exército.

Wolfgang fez uso de seu poder místico e apareceu como o deus Baal de Worse para os cananeus, em quem eles acreditavam e começaram a adorar esse falso deus. Em pouco tempo, Wolfgang subjugou os seus reis sob os palácios escuros e matou-os para colocar os seus próprios reis, os seus irmãos: lobisomens que, em estado normal, eram humanos, mas que, sob o luar, saíam para libertar o seu mal nas aldeias e tribos vizinhas, tornando o poder de Canaã maior.

Quando os israelitas saíram do Egipto, conheciam os Valkirius ou vampiros, mas nas pragas do Egipto estas criaturas fugiram para outros reinos devido ao terror que causaram nos seus primogénitos; o anjo da morte que, tal como os primogénitos egípcios, pereceu, a sua descendência pagou em géneros e nem a sua força os conseguiu proteger. Furiosos com os israelitas por terem, de alguma forma, provocado a sua tragédia, tentaram vingar-se no deserto do Sinai, pagando enormes quantias de ouro ao rei Amalec, pelo que os amalecitas reuniram os seus homens e correram a atacá-los através das planícies do deserto. Os valquirius temiam a fúria divina e, por isso, só de longe em longe esperavam a notícia da sua vingança. Mas, infelizmente, o mesmo anjo da morte que guardava os israelitas provocou uma grande matança do inimigo; foram quase exterminados os amalecitas e, por isso, fugiram do deserto para se refugiarem nas montanhas. Este povo de Amaleque, que é conhecido como maldito, controlava as rotas do deserto do Sinai, eram homens maus que atacavam os mais fracos e matavam por prazer, roubando, assassinando e violando. E era a mesma coisa que queriam fazer aos israelitas. Os Valkiruis resignaram-se impotentes e nunca mais tentaram vingar-se, porque sabiam que pagariam caro a sua audácia.

Passadas algumas décadas, o povo de Israel entrou nas terras cananeias e deparou-se com as abominações: os filhos de Wolfgang que os aterrorizavam nas planícies da sebe de Moab. Até que um dos seus juízes, cansado das constantes atrocidades cometidas por manadas destas criaturas, que eram evidentemente comandadas por alguém por detrás das sombras, pediu ajuda aos celestiais. Estes não hesitaram em ajudá-los e enviaram um grupo de anjos que se materializaram para os perseguir. Wolfgang sabia que os filhos dos céus estavam na terra em corpos físicos, pelo que ordenou a um grupo de 1000 licantropos que se preparassem para a lua cheia e os enviasse para aniquilar esses anjos de corpo físico que acompanhavam os hebreus perto de Gate, no que viria a ser a Filístia.

O grupo de anjos não contava com mais de trinta pessoas e, com eles, meio milhar de guerreiros hebreus os acompanhava quando os licantropos os emboscaram nas planícies de Gate, causando grande carnificina. Até mesmo os anjos físicos foram brutalmente derrotados por essas monstruosidades. Uma vez que os corpos físicos dos anjos foram inutilizados pelos seus ferimentos, eles desmaterializaram-se nos seus verdadeiros corpos espirituais e assim: varridos com fogo e enxofre ao estilo de Sodoma e Gomorra, antes de escaparem em velocidade pelas florestas e planícies naquela noite de lua cheia.

Wolfgang, ao saber que a maior parte do seu exército tinha sido aniquilada pela sua ousadia, fugiu para longe da Filístia com os seus irmãos originais; a realeza de sangue, pois imediatamente após essa batalha com os anjos, mais desceram para os encontrar e caçar todos os licantropos que se encontravam em Canaã e arredores. Dez luas cheias depois, o último dos licantropos da Terra Prometida tinha sido caçado e estava exposto no meio da cidade. Não restava nenhum vivo com a maldição por aquelas bandas. E a moral de Wolfgang estava ferida porque os seus amados filhos tinham sido aniquilados. A sua impotência e fúria não tardaram a chegar e ele chegou ao continente americano e provocou uma grande matança com os seus irmãos licantropos ao ponto de quase exterminar os grupos tribais que ali residiam.

Décadas mais tarde, já controlavam o império asteca e, da mesma forma, escolhiam princesas e fecundavam-nas e estas davam-lhes os mesmos filhos, mas com um traço diferente; estes eram mais ferozes e vorazes quando se transformavam debaixo da lua, mas, infelizmente, morriam após a primeira e a segunda conversão, pelo que Wolfgang, sem saber porque é que isso acontecia, decidiu emigrar para a Europa para realizar o seu sonho, que era grande. O seu desejo era poder controlar o mundo, o mundo que o seu pai Licanktro lhe tinha dito: que ele seria o mestre e o rei e aquele que subjugaria os reis. Se os filhos de Wolfgang não tivessem morrido após a sua conversão, os espanhóis teriam encontrado o terror no império azteca e Tenochtitlan nunca teria sido tomada, porque uma legião deles tê-los-ia certamente devorado.

Wolfgang estabeleceu-se em Paris e Inglaterra e, a partir daí, por detrás das sombras, puxou os cordelinhos dos acontecimentos sempre atrás de um monarca, mas quem realmente dava as ordens era ele. E a partir daí, usando os poderes da magia, provocou surtos de peste bubónica por toda a Europa, causando de alguma forma o terror de matar a ordem, oh sim, a mesma ordem que o seu "amigo" Martel tinha formado e que os seus descendentes não esqueciam e queriam persegui-lo a todo o custo. Estava cada vez mais rodeado de passos, mas, para dizer a verdade, ninguém o conhecia no seu estado normal. Tinha sabido jogar muito bem as suas peças no jogo da conquista do mundo...

Diz-se que o descendente de Varmkirus se instalou na Babilónia depois das sombras de Nabonidus e da sua dinastia, sendo este, segundo muitos, o deus convertido Marduk. Algo aconteceu na descendência dos vampiros. Talvez uma anomalia no seu ADN os tenha levado a descer freneticamente até ao fim do império babilónico. Mil anos mais tarde, o seu paradeiro era desconhecido, até que, na aurora da Pérsia, eles tornaram a sua presença conhecida e, mais uma vez, cresceram como um incêndio. Sabiam bem que os seus inimigos estavam algures na Gália. Mas temiam enfrentá-los directamente, pois o lobisomem era implacável e, no corpo a corpo, era muito improvável que o conseguissem derrotar. Por isso, o seu método era usar emboscadas e juntar-se a eles.

Em 1100 d.C. o primogénito de Varmkirus foi morto, uns dizem que na Europa pela família Martel, outros dizem que pelos próprios Valkirius. Mas assim foi; o líder dos vampiros já não existia e assim foram surgindo líderes que tentavam tomar o controlo dos vampiros... até que em 1200 d.C. houve uma guerra interna e dividiram-se em dois grupos, os que queriam o poder do mundo e os que não queriam...